# Willy Kühne

# Zur Photochemie der Netzhaut

Antigonos

# Willy Kühne

# Zur Photochemie der Netzhaut

Unveränderter Nachdruck der Originalausgabe von 1877.

1. Auflage 2024  |  ISBN: 978-3-38699-336-4

Antigonos Verlag ist ein Imprint der Outlook Verlagsgesellschaft mbH.

Verlag: Outlook Verlag GmbH, Zeilweg 44, 60439 Frankfurt, Deutschland
Vertretungsberechtigt: E. Roepke, Zeilweg 44, 60439 Frankfurt, Deutschland
Druck: Libri Plureos GmbH, Friedensallee 273, 22763 Hamburg, Deutschland

ZUR

# PHOTOCHEMIE DER NETZHAUT.

VON

## W. KÜHNE.

ZUR

# PHOTOCHEMIE DER NETZHAUT.

VON

## Dr. W. KÜHNE.

GELESEN

IN DER

SITZUNG DES NATURHISTORISCH-MEDICINISCHEN VEREINS ZU HEIDELBERG

DEN 5. JANUAR 1877.

HEIDELBERG.

CARL WINTER'S UNIVERSITÄTSBUCHHANDLUNG.

1877.

In einer vor Kurzem erschienenen Mittheilung an die Berliner
Akademie veröffentlicht Herr Fr. Boll die schöne und ohne Zweifel
überaus folgenschwere Entdeckung, dass die Stäbchenschicht der Retina
aller Geschöpfe im lebenden Zustande nicht farblos sei, wie man bis-
her meinte, sondern purpurroth. Im Leben, sagt Boll, werde die
Eigenfarbe der Netzhaut beständig durch das ins Auge fallende Licht
verzehrt, in der Dunkelheit wieder hergestellt und im Tode halte sie
sich nur einige Augenblicke. Im Hellen verweilende Thiere seien
darum weniger geeignet, die Lebensfarbe der Retina erkennen zu lassen,
und von der Sonne vor dem Tode *längere Zeit* geblendete Thiere
zeigten sie ganz entfärbt. Hiermit ist die Beziehung der Retinafär-
bung zum Lichte einerseits, zum Lebens- oder Ueberlebenszustande
andrerseits ausgesprochen.

Wer immer sich mit der Retina beschäftigt hat, wird durch die
Boll'sche Entdeckung nicht ohne heilsame Erkenntniss der Grenzen
seines Talentes daran erinnert sein, dass er Aehnliches schon gesehen
habe, vielleicht auch des räthselhaften Blutgerinnsels, das auf oder
unter der Retina plötzlich nicht wieder zu finden war, gedenken.
Was da übersehen worden, dürfte nichts Geringeres, als den Schlüssel
zum Geheimniss der Nervenerregung durch Licht enthalten, oder die
erste Thatsache, welche in der Retina photochemische Processe aufdeckt.

Als ich zur Prüfung des Factums schritt, hielt ich, bestärkt durch
Boll's Mittheilung, die grösste Eile beim Ablösen des Bulbus und
Herausnehmen der Netzhaut für geboten; aber ich habe mich gleich

überzeugt, dass man sich dazu beliebig Zeit lassen darf, denn der *Sehpurpur* besteht ganz unabhängig vom physiologisch frischen Zustande der Netzhaut und wird dort auch im Tode *nur* durch Licht gebleicht. Bei guter Gasbeleuchtung kann man mit aller Musse die Retina ausbreiten und sehr langsam verblassen sehen, denn was sich am hellen Tageslichte in einer halben Minute vollzieht, dauert hier 20—30 Minuten, also viel länger, als Boll das Stadium des Ueberlebens zugibt, und im Dunkeln oder im Scheine der Natronflamme vergeht der Purpur überhaupt nicht, wenigstens nicht in 24—48 Stunden, weder beim Frosch noch beim Kaninchen, trotz deutlicher Fäulniss.

Somit war der Weg zu Versuchen mit dem Sehpurpur von manchen Hindernissen gesäubert: man nimmt alle Präparationen in einer schwarzen, nur von Natronlicht erhellten Kammer vor und trägt das Object dann ins diffuse Tageslicht. Weniger vollkommen, doch auch zum Ziele führend, dient ein Zimmer, wie es die Photographen zum Entwickeln brauchen, dessen Lichtzugänge mit gelbem Glas oder Papier verstellt sind.

Da man nicht wissen kann, wie lange die Stäbchen oder deren Theilchen nach dem Tode überlebend sind, habe ich Netzhäute vom Frosche in der Natronkammer mit den verschiedensten, ihre Structur und Mischung, ohne Frage, stark ändernden Mitteln behandelt, um zu sehen, ob die Färbung und Lichtempfindlichkeit darunter leide. Aufgehoben wurde die Farbe bei $100^0$ C., durch Alkohol, Eisessig, concentrirteste und 10 procentige Natronlauge, nicht verändert in NaCl von 0,5 %, nicht durch starkes $NH_3$, Sodalösung, gesättigtes NaCl, Alaun, Bleiacetat, Essigsäure von 2 %, Gerbsäure von 2 %, 24 stündiges Liegen in Glycerin, in Aether, Eintrocknen auf einer Glasplatte. In allen letzteren Fällen fand sich die Retina, an das Tageslicht gebracht, noch roth und verblasste dann mehr oder minder rasch, indem der Purpur in 1—10 Minuten in Chamois überging, von dem endlich kaum etwas zu bemerken blieb. Natürlich hängt die Sättigung der Farbe von dem sonstigen Zustande der Retina ab, ob sie glasig-hell oder milchig-weiss ist. Ist sie opak, so hät man Gelegenheit sich von der Richtigkeit der Boll'schen Angabe zu überzeugen, dass die äussere, also wesentlich den Stäbchen zugehörige Schicht gefärbt ist, denn eine undurchsichtige Retina sieht von vorn weiss und nur hinten roth aus. Am schönsten wird die Farbe nach $NH_3$-Wirkung, welche die Netzhaut sehr durchsichtig macht, und gerade dieses Roth hält dem Lichte 10—20 mal länger Stand, als das unveränderter Netz-häute, gleiche Beleuchtung vorausgesetzt. Sehr lange hält sich ferner die Färbung der getrockneten Membran, doch weicht auch sie allmäh-lich dem Lichte.

Aus dem genannten Verfahren der Präparation farbiger Netzhäute sieht man schon, dass nicht alles Licht den Sehpurpur bleicht. Die photochemisch unwirksamen Strahlen der Linie D lassen ihn unberührt, auch lassen nur stärker geröthete Netzhäute (von Rana *temporaria* z. B.) im Natriumlichte eine Spur davon erkennen. Die Netzhaut lebender Kaninchen in solchem annähernd monochromen Lichte mit dem Augenspiegel betrachtet, sieht bläulich weiss, etwas perlmutter-glänzend aus; mit schwarzen, wie mit Tinte gezeichneten, erstaunlich deutlichen Gefässen; ein albinotisches Kaninchenauge seitlich davon be-leuchtet, zeigt die Pupille schwarz. Man kann daher das so leicht intensiv herzustellende Natriumlicht nachdrücklich zu feineren ophthal-moskopischen Untersuchungen empfehlen.

Um zu sehen, welches Licht den Purpur bleiche, brachte ich Netzhäute auf Glasplatten ausgebreitet in geschwärzte, feuchte Kam-mern, bedeckte sie mit einem Deckglase, auf das ich millimeterbreite Staniolstreifchen klebte und setzte farbige Glasplatten oder Becher-gläser mit farbigen Lösungen darüber. Zum Roth wurde Blutlösung von solcher Concentration genommen, dass man im Absorptionsspectrum kein Gelb und Orange mehr sah, ferner Platten, die auch etwas Violet durchliessen, für Blau Kupferoxydammoniak, für Grün farbige Plattensätze, deren Spectrum nur aus einem schmalen, grünen Bande bestand. Es zeigte sich unter dem Blute überhaupt kein Ausbleichen, unter dem rothen Glase erst nach 6 Stunden Anzeichen davon, im blauen Lichte Erbleichen nach 2 Stunden, im grünen nach 4—5 Stunden. Natürlich können solche Versuche wegen der geringen und nicht vergleichbaren Lichtintensität keine genaueren Aufschlüsse über das Problem geben, aber es erhellt daraus wohl die augenscheinlich kräftigere Wirkung der brechbareren Strahlen, besonders des blauen Lichtes. Hob man von den gebleichten Präparaten das Deckelglas ab, so erschien da, wo der Staniolstreif sie geschützt hatte, ein schönes Band unveränderten Purpurs, also ein positives *Photogramm*. So wenig wie mit Blutroth habe ich im Lithiumlichte den Purpur zu ändern vermocht, während Magnesiumlicht ihn, wie zu erwarten, rasch entfärbte. Einmal irgendwie entfärbt, kehrte der Purpur weder im Dunkeln, noch in andersfarbigem Lichte, noch beim Erwärmen, oder in den ultrarothen Strahlen hinter berusstem Glase, das die Sonne beschien, zurück.

Nachdem ich die angeführten Versuche, wie Boll empfiehlt, mit im Dunkeln gehaltenen Thieren angestellt hatte, war ich gespannt zu sehen, wie eine Retina aussehen würde, welche unmittelbar nach Belichtung des Auges am lebenden Frosche in der Gelbkammer so schnell, wie denkbar, hergerichtet worden. Im Sinne Boll's hatte ich erwartet, sie erkennbar gebleicht zu finden, aber ich fand sie so roth, wie die andern. Der Aufenthalt der Thiere vor den Versuchen im Dunkeln ist also unnöthig. Da das Tageslicht bei bewölktem Himmel, obwohl zum Mikroskopiren ganz gut, nicht sehr intensiv war, versuchte ich die Blendung mit Magnesiumlicht, aber auch Das liess mich im Stich. Ich meine daher, dass Boll den von ihm erwähnten Misserfolg, der ihn einmal beim Demonstriren der Sache störte, mit Unrecht dem Umstande zuschreibt, dass die Frösche im Hellen gehalten waren; es kann nur an der Belichtung während des Herrichtens gelegen haben, wenn er seine Präparate anscheinend gleich ausgeblichen fand.

Um zu sehen, woran es liege, dass der Sehpurpur im physiologischen Sehacte unverändert blieb, brachte ich die eine Retina eines Frosches isolirt auf eine Glasplatte, während ich die andere im exstirpirten Bulbus liess, den ich jedoch durch einen Aequatorialschnitt weit geöffnet hatte. Beide Präparate wurden hierauf an das wieder nicht sehr helle Tageslicht gebracht und darin so lange gelassen, bis das erste vollkommen entfärbt war, dann wurde das zweite ins Natronzimmer zurückgebracht, die Retina herausgezogen, auf Glas gelegt und von Neuem dem gewöhnlichen Lichte ausgesetzt: sie war *dunkelroth* und erblasste nun schnell. Als der Himmel sich nicht klärte, habe ich dieselben Versuche mit der Magnesiumlampe gemacht und immer gefunden, dass der Sehpurpur sich erhielt, so lange die Retina *im* Auge, *auf* der Chorioïdes, sonst aber nackt, nur hinter capillaren Schichten des Glaskörpers Luft und Licht ausgesetzt blieb. Ich habe den Versuch am folgenden Tage, als die Mittagssonne kaum bedeckt und so blendend war, dass ich nicht hinzusehen vermochte, angestellt, indem ich das halbirte und entleerte Froschauge 4 Minuten bescheinen liess und selbst dann noch rothe Fleckchen in der chamoisfarbenen Retina gefunden, während nur die Ränder völlig ausgeblichen waren. Ein *ganzer* Bulbus, den ich mit den nöthigen Wendungen 25 Minuten demselben Sonnenlichte ausgesetzt hatte, zeigte auch noch schwachrothe Stellen neben viel Chamois, indess war während der Blendung die Pupille ziemlich eng geworden. Da ich bei diesen Versuchen die Ausbreitung der Netzhäute im Natronlichte vornahm, könnte man glauben, dass die darauf verwendete kurze Zeit photochemischer Ruhe irgendwie Rückkehr des Purpurs veranlasst habe. Dem ist aber nicht so, denn wenn man das halbirte Auge, weitaus genügend um eine isolirte Netzhaut zu bleichen, gegen das Tageslicht hält und bei fortdauernder Beleuchtung die Retina mit raschem Griffe herauszieht, so wird man sie immer im ersten Momente prächtig roth finden. Wie man sieht muss ich mit besonderem Nachdrucke Boll's Angabe, dass im Lebenden erst *längere* Blendung im direkten Sonnenlichte die Netzhaut ausbleiche, bekräftigen, aber ich kann doch hinzufügen, dass Frösche, die mehrere Tage in Glaskästen, an einer sonnigen Stelle, im Freien gehalten waren, endlich farblose Netzhäute hatten. Was ich also für Boll's Erfahrungen „in einem mässig hellen Zimmer" nicht in seinem Sinne deute, würde ich für grössere Lichtintensitäten mit ihm übereinstimmend auffassen.

---

Hält man die photochemischen Vorgänge auf der herausgenommenen Retina für das Abbild dessen, was sich im lebenden Auge vollzieht, so wird man sich vorstellen, dass beim Sehen fortwährend Sehpurpur zerstört und durch irgend welche Vorgänge wieder hergestellt werde, wie es Boll schon als Vermuthung ausgesprochen hat. Die Erfahrungen der Augenärzte dürften den Regenerationsvorgang zunächst in der Ernährung durch das circulirende Blut suchen lassen, womit man die meisten derartigen Processe sich klar zu machen liebt. Indess ist die Sache weniger verwickelt. Das den Sehpurpur restituirende liegt näher und kann beim Frosch gar nicht in der stetigen Bluterneuerung liegen, weil sein Auge ausgeschnitten und eröffnet dieselbe scheinbare Indifferenz gegen Licht bekundet, wie im Zusammenhange mit dem ganzen Leibe und dem Ernährungsstrome. Wenn also die Hypothese von der Restitution der lichtempfindlichen Elemente richtig ist, so muss sie von dem ausgehen, was hinter oder an den

Stäbchen liegt, also vom Retinaepithel oder der Chorioïdea. Da muss Etwas stecken, das den Purpur entweder am Bleichen hindert oder neuen schafft. Es liegt zwar der Gedanke nicht fern, dass das Pigment etwas mit der Sache zu thun habe, weil eine intensivere Wirkung des Lichtes zu erwarten ist, wenn die von vorn beleuchtete Netzhaut auch noch Licht von hinten erhält, wie es beim Ausbreiten auf einer weissen Fläche geschieht, als wenn sie dem sammetschwarzen, natürlichen Grunde anliegt; dass sie dies aber so lange und so sicher schützen werde, wie man es in Wahrheit sieht, war gar nicht anzunehmen. Ich habe auch nicht finden können, dass es viel für die Entfärbungszeit verschlug, wenn ich die Netzhaut mit der Stäbchenseite nach unten auf eine matt geschwärzte Fläche glatt auspinselte, und die folgenden Versuche werden hoffentlich erkennen lassen, dass man den Grund für die unzweifelhafte stete Erneuerung der lichtempfindlichen Substanz in etwas ganz Anderem suchen müsse, als in dem bekanntlich bei Albinos gar nicht vorkommenden, bei vielen Thieren hinter einem Tapetum liegenden Pigmente.

Um sich zu überzeugen, dass es nur die Chorioïdes mit dem Retinaepithel ist, welche den Purpur vor dem Bleichen im Lichte schützt, nehme man die Netzhaut so heraus, dass einige schwarze Fetzen daran bleiben, breite sie auf ein dünnes Deckglas aus und exponire nach allen Seiten. Die Forderung ist unschwer zu erfüllen, wenn man den Bulbus so ausschneidet, dass er am Optikuseintritte ein Loch bekommt, denn damit wird die Stelle beseitigt, die dem Herausziehen der inneren Häute Widerstand leistet, und vom so hergerichteten halbirten Bulbus wird es darum leicht gelingen, die Netzhaut faltenlos zur Ausbreitung zu bringen, falls man noch Meridianschnitte hinzufügt. Es kommt auf diese Kleinigkeiten Einiges an, weil das Pigment an unsauberen und faltigen Objecten den Lichtzutritt zu den betreffenden Netzhautstellen wirklich verhindern würde. Zieht man jetzt von dem völlig gebleichten Präparate die schwarzen Fetzen ab, so wird man Das, was darunter ist, intensiv gefärbt finden. Ein anderer Versuch, der dasselbe demonstrirt, besteht darin, dass man den halbirten Bulbus bis zur Vorwulstung ordentlicher Netzhautfalten zerrt, das Licht hineinscheinen lässt und dann rasch die ganze Retina abzieht: wo die Falten waren, finden sich weisse Streifen, während alles Uebrige noch roth ist.

Nun wurde folgender Versuch gemacht: die Netzhaut wurde am äquatorialen Schnittrande in einiger Ausdehnung gefasst, sehr vorsichtig gut zur Hälfte vom Pigmentlager abgehoben, zur Stütze ein dünner Porzellansplitter untergeschoben und das Ganze bis zum völligen Ausbleichen dem Tageslichte ausgesetzt. Natürlich war die Entfärbung nur von dem abgehobenen Lappen zu constatiren, da von dem Sehpurpur in der schwarzen, spiegelnden Hohlschaale des Augengrundes nichts zu erkennen ist. Im Natronlichte liess ich nun sogleich das entfärbte Netzhautstück langsam gegen seine natürliche Unterlage zurücksinken, einige Minuten darauf liegen, wobei ich mich überzeugte, dass mein Vorhaben ohne störende Faltenbildungen gelungen war, und jetzt zog ich die ganze Retina ab: sie war überall gleichmässig roth und liess nicht einmal eine Zone erkennen, nach der man die beiden Hälften hätte unterscheiden können. Eine vom Lichte gebleichte Netzhaut wird also durch Berührung mit ihrer natürlichen Unterlage wieder purpurfarben. Es erübrigte noch, den ganzen Versuch im wirksamen Lichte zu machen, und auch Das gelang, aber die restituirte Hälfte war etwas blasser, als die andere. Ich zweifle nicht, dass diese Versuche Jedermann gelingen werden, ja ich gehe noch einen Schritt weiter und empfehle das Herausschneiden eines Lappens, Bleichen auf dem Teller, Zurücklegen auf das entblösste Pigment, wobei man sehen wird, dass jedes normal angelegte Stück seinen Purpur wieder gewinnt. Die Regeneration ist mir auf solche Weise öfter so gut gelungen, dass ich mich ernstlich veranlasst fand, mit einem Stückchen Seidenpapier nachzusehen, ob der Augenbecher nicht eine kleine rothe Pfütze einschliesse; doch kam der Schnitzel wohl feucht, aber ohne Farbe heraus.

Am Froschauge sind solche Versuche mit aller Sorgfalt ohne Eile auszuführen; da aber die Regeneration des Sehpurpurs, anders als die Färbung an sich und ihre Lichtempfindlichkeit, die Action lebender Gewebe voraussetzt, so versagen sie, wenn diese wirklich aufgehört haben, zu überleben. Ich habe Froschaugen in 0,5procentigem NaCl 10 Minuten auf 43° C. erwärmt, darauf halbirt, dem Lichte ausgesetzt und die Netzhäute dann immer weiss gefunden. Da so erwärmte Augen *unbeleuchtet* noch rothe Netzhäute haben, so waren sie also durch das Licht entfärbt. Dasselbe geschah in Augen, die innerhalb Tagesfrist bei etwa 20° C. abgestorben waren. Es bleibe hier nicht unerwähnt, dass die Misserfolge an cadaverösen Augen wiederum beweisen, wie das Pigment, im gewöhnlichen optischen Sinne genommen, für die Erhaltung des Sehpurpurs bedeutungslos ist.

Wenn es bei der Regeneration des Purpurs auf eine überlebende Unterlage der Stäbchen ankommt, so ist vorauszusetzen, dass die schnell zersetzlichen Organe von Säugethieren zu diesen Versuchen wenig geeignet sind. Allerdings scheint hier Eile nöthig, aber es ist mir doch sehr wohl gelungen, an Stücken der hintern Bulbushälfte des Kaninchens die Retina nach 2 Minuten langer Beleuchtung, die vollauf genügte, ein isolirtes Stück bis auf die Blutgefässstreifen auszubleichen, noch prächtig roth abzuziehen. Auch beim albinotischen Kaninchen, wo die Umstände besonders günstig scheinen mussten, meine ich den Farbenunterschied zwischen einem natürlich gelagerten und einem abgezogenen Retinastücke erkennen zu können, besonders wenn das erstere, nach dem Verbleichen des andern, ebenso auf Porzellán ausgebreitet wird. Indess kann ich mich darüber nicht mit voller Sicherheit aussprechen, weil die Netzhäute der mir grade zu Gebote gewesenen Exemplare dieser hier z. Z. schwer zu erwerbenden Varietät, trotz längeren Aufenthaltes im Dunkeln, keinen recht intensiven Purpur und nach der Lichtwirkung eine wenig veränderliche, blasse Orangefärbung im Auge zeigten, die an Säugethiernetzhäuten überhaupt nicht ganz unbekannt sein mag. Es dürfte um so mehr von Interesse sein, diese, vielleicht schon von vorn herein neben dem Purpur vorhandene Farbe zu untersuchen, als Boll die sehr wichtige Bemerkung macht, dass in der Froschretina auch blaue Stäbchen vorkommen; dass es auch albinotische Augen mit sehr entwickeltem Purpur gibt, sah ich später bei Experimenten, über die ich zu anderer Gelegenheit berichte.

Ich komme nach der letzterwähnten Versuchsreihe wiederum zu dem Schlusse, dass man nicht an der Existenz des Sehpurpurs und an seiner Vergänglichkeit im Licht, sondern an seiner Aechtheit gegen Licht das Ueberleben des äussersten Sehapparats erkennt, und ich denke, *dass* man es im Froschauge erkennen und *so lange* constatiren kann, steht in erfreulicher Uebereinstimmung mit Herrn Holmgreen's schönen Versuchen über Retinaströme und deren Aenderung während der Reizung durch Licht.

Welche Theile der Chorioïdea die den Purpur herstellenden seien, ist z. Z. nur zu vermuthen; wahrscheinlich wird man dieselben weniger in der Aderhaut, als in dem mit Recht zur Retina gezählten Epithel, dessen Zellen die Stäbchen umgreifen, suchen müssen. Damit verbunden verhält sich die Netzhaut nicht nur wie eine photographische Platte, sondern wie eine ganze photographische Werkstatt, worin der Arbeiter durch Auftragen neuen lichtempfindlichen Materials die Platte immer wieder vorbereitet und zugleich das alte Bild verwischt.

In *Carl Winter's* *Universitätsbuchhandlung* in *Heidelberg* sind in Abdrücken aus den „**Verhandlungen des naturhistorisch-medicinischen Vereins**" ferner erschienen:

**Ueber das Verhalten verschiedener organisirter und sogenannter ungeformter Fermente. — Ueber das Trypsin** (Enzym des Pankreas). Von *W. Kühne.* gr. 8°. brosch. 60 Pf.

**Ueber das Sekret des Pankreas. — Weitere Mittheilungen über Verdauungsenzyme und die Verdauung der Albumine.** Von *W. Kühne.* gr. 8°. brosch. 60 Pf.

**Ueber die Absonderung des Pankreas.** Von *W. Kühne* und *A. Sh. Lea* aus Cambridge. gr. 8°. brosch. 40 Pf.

**Die Verdauung als histologische Methode. — Ueber einen neuen Bestandtheil des Nervensystems.** Von *A. Ewald* und *W. Kühne.* gr. 8°. brosch. 60 Pf.

C. F. Winter'sche Buchdruckerei.